Derail

Kyoko Aiba

INHALT

#1
SIDE – SEME

Ich selbst bin viel zu groß, rede nicht viel, bin undurchschaubar und werde von anderen als düster oder nichtsnutzig bezeichnet.

Hikaru ist der Einzige, der als Freund immer an meiner Seite war.

Daher...

Ich habe nur Hikaru...

Ich kenne Hikaru schon seit der Grundschule.

Ich konnte es so arrangieren, dass wir auf derselben Grund-, Mittel- und Oberschule waren und jetzt sogar dasselbe Fach studieren.

... würde ich mir wünschen, auch der Einzige in Hikarus Leben zu sein.

SST

Ich lass mir Zeit...

Also ich hab ja nicht so viel Interesse daran.

... und werd ihn noch eine bisschen mehr auf die Folter spannen.

Ich mach es nur, weil die anderen mich wollen.

Was...?

Ich bin begehrt.

So heiß, wie es ist, kann er bestimmt nicht mehr klar denken.

Es scheint ihnen zu gefallen.

Ich muss nur ein paar Worte fallen lassen, die sein Interesse weiter anheizen.

...

Wenn Menschen unter Druck geraten und vor einer abstrusen Wahl stehen...
... bilden sie sich ein, sich zwischen diesen beiden Optionen entscheiden zu müssen.
...
Mh!
Uh!
Uuh...
Ugh...
Hah...
Hah...
SLCK
Ich hab mich die ganze Zeit gefragt...
SLCK
SLCK
... wie es wohl wird, wenn ich mein Ziel erreicht habe...
... und wie ich da hinkomme.
Uuh...
Ungh...
Tja, eigentlich...
SLCK
SLCK
Dass er das einfach so mit sich machen lässt, hätte ich nicht gedacht.
Mh...
... lief alles einfacher als gedacht.
Anstatt sich zu genieren oder wehren...
... oder sogar wütend zu werden, jetzt das.
Ah...

#2
SIDE — UKE

So hatte ich dann zwar echt viele Freunde, aber es gab niemanden, für den ich die wichtigste Person war.

Ich gab mir viel Mühe, damit die Leute mich mochten.

Schon seit ich klein war, wollte ich immer nur geliebt werden.

... wurde ich allerdings zu einem Typen, den man einfach nur gern um sich hat.

Indem ich mir weiterhin Mühe gab, um für jemanden die Nummer eins zu werden...

Von all meinen Freunden hat nur Haru mich immer gebraucht.

Hättest du nicht Lust, ab diesem Frühjahr...

... mit mir zusammen eine 2er-WG zu gründen?

Mit einer Ausnahme.

Hikaru.

Ich bin froh darüber, dass er so fixiert auf .mich ist.

Aber ich habe Angst davor, dass sich unser Verhältnis irgendwann ändert.

Haru hat nie was gesagt.

Ich will weiterhin mit ihm zusammen und seine Nummer eins sein.

Aber ich will nicht, dass sich was ändert.

Wie soll ich das nur machen?

Und was willst du eigentlich von mir, Haru?

Hast du später Zeit, Hikaru?

Hm?

Ist das nicht Nakamura...

Hey!

Äh, noch nicht...

Hast du die Übungsaufgabe fürs Seminar schon fertig?

Wollen wir sie nicht zusammen machen? Ryoko hat mich hängen lassen.

Plötzlich von einem Mädchen so direkt angesprochen zu werden...

O... Okay...

Dann lass uns in das Café am Bahnhof gehen.

Was? Seid ihr etwa befreundet?

Das geht doch in Ordnung, oder?

ガ" ガヤ LÄRM

ガ" ガヤ LÄRM

ガ" ガヤ LÄRM

ガ" ガヤ LÄRM

ガ" ガヤ

Sieht voll aus...

Was?

Ja...

Ich wohn in einem Mädchen-wohn-heim.

Können wir dann zu dir?

Ähm...

Wah, was mach ich jetzt?

Die lässt sich nicht abwimmeln.

„Keine Frauen-besuche in unserer Woh-nung, okay? Das wird sonst zu stressig."

Also, ich wohn mit einem Freund zusammen.

Nein...

Ist er gerade zu Hause?

Gut, Haru kommt heute erst spät von der Arbeit.

Dann ist es doch okay, oder? Wenn wir fertig sind, geh ich auch.

Und dann tut es jemand und ich zeige ihm die kalte Schulter.

Ich war immer gierig danach, gemocht zu werden.

Ob er noch wütend ist...?

Dabei bin ich es...

... der mit der Zeit von Haru abhängig wurde.

KLACK

...

Ob er es wirklich getan hat?

KRIEE

In diesem Bett...

... auf dem ich jetzt liege...

Seit wann hast du eigentlich eine Freundin?

... hat er ein Mädchen umarmt und gestreichelt und...

Was...?

Was soll das schon bringen...

Ich hab dir nie davon erzählt, aber das läuft bei mir schon eine ganze Weile so.

Du selbst redest ja auch nie von solchen Dingen. Ich dachte, dass du kein Interese daran hast.

Das war nicht meine Freundin.

... ihn das jetzt noch zu fragen?

Oder bist du etwa... eifersüchtig auf das Mädchen?

Ja, stimmt, ich bin eifersüchtig.

Vorhin hätte ich schon fast aufgestöhnt...

... als er plötzlich auf diese Weise im Bett lag... genau wie in meinen Fantasien.

Eifersüchtig...?

Ich wollte von Haru gebraucht werden.

Willst du...

... meine Nummer eins sein?

Ja, das will ich schon die ganze Zeit.

Derail

Kyoko Aiba

#3

Ich...

Du bist
so naiv,
Hikaru...

Was?

So
geht das
nicht...

Ich
will...

Warum
wehrst
du dich
nicht?

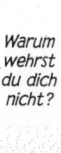

... dass
es zwis-
chen uns
genauso
läuft wie
bisher...

Das ist
unmöglich.

... dass wir
weiterhin
einfach...

Lass mich dich berühren, als wären wir ein Paar.

Dabei dachte ich doch die ganze Zeit, dass er in mich verliebt ist.

„Ich wollte doch nur, dass du mich wahrnimmst."

Ich war mir so sicher.

Mit so einem heißen Blick hat er mich vorher noch nie angesehen.

SCHAUDER

„Ich will dich, Hikaru."

...

SCHAAA

Haaah...

Ich hab mich gefragt...

... ob ich nur mit Haru Sex haben will, weil ich notgeil bin.

Aber...

Ich hab mir wegen Haru einen runtergeholt.

„Benutz deine Zunge."

Jetzt bin ich mir sicher...

Ich bin in Haru verliebt.

BADUMM

#4

もん GRABBEL

もん GRABBEL

もん GRABBEL

もん GRABBEL

もん GRABBEL

Vor lauter Geilheit sterb ich noch, wenn das so weitergeht!

TSCHILP チチ

TSCHILP チュン

TSCHILP チュン

チチチ...

FWUPP もぞ？...

Schon Morgen...?

Mh...

Kann ich mich darum kümmern?

Du...

Guten Morgen.

Wann bin ich einge- schlafen?

Was?

Mh, ja...

Mor- gen...

Das war knapp ...

Puuh...

Hikarus Bedürfnisse werden von Tag zu Tag mehr.

Aber er reagiert heftiger als erwartet.

Ver- dammt ...

Das macht mir Druck.

Na ja, ich selbst hab's ja so ge- plant...

Was Hikaru will, bin nicht ich, sondern der Sex.

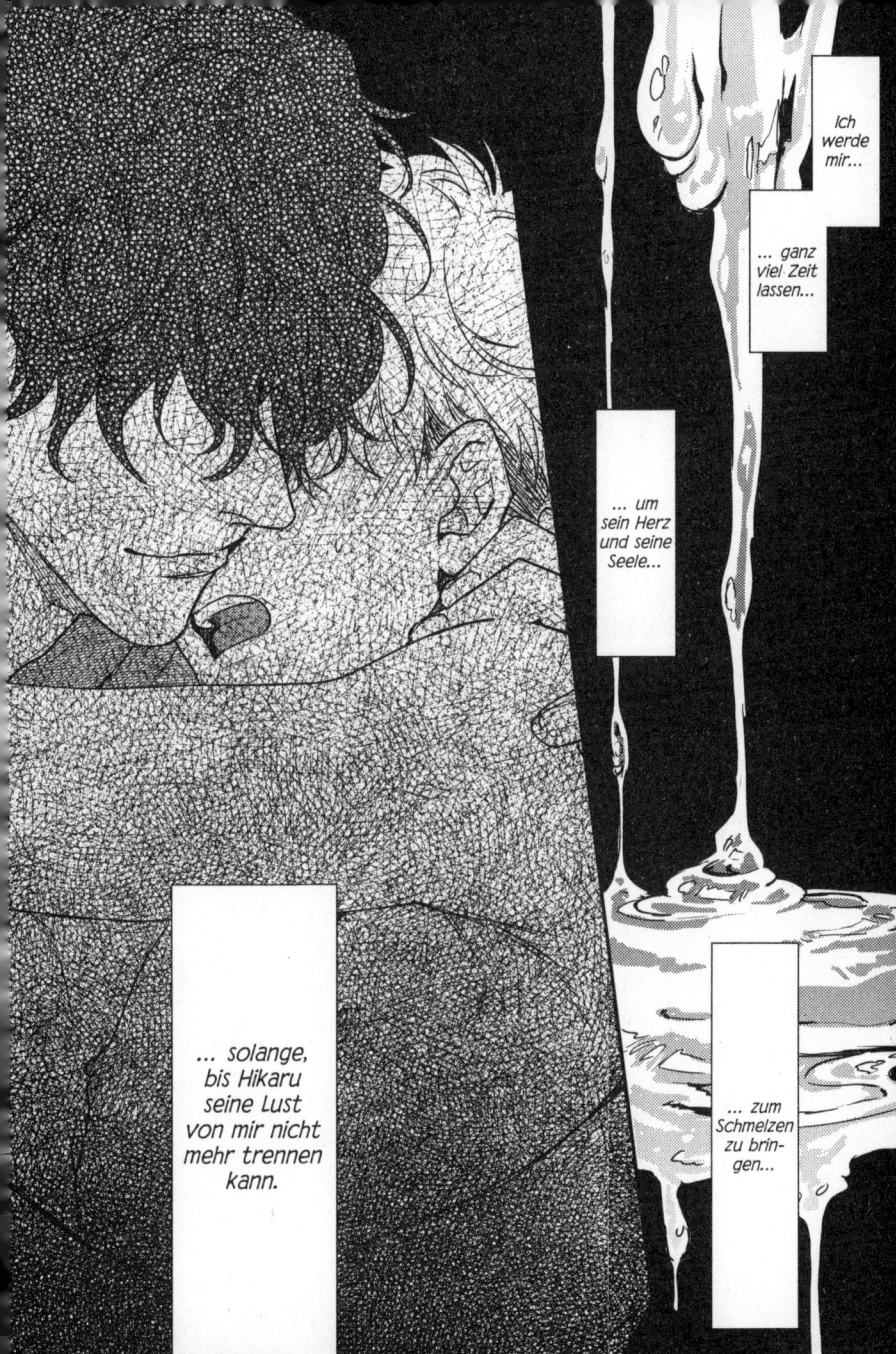

Die Frage ist doch eher...

... wieso wir dann bitte nicht zusammen sind?

ZIEH

Ich hab echt lange darüber nachgedacht.

Warte ...

Sorry... Ich...

Hikaru ...

Ich geh mal kurz raus, um meine Gedanken zu ordnen.

Vorher ging es mir nur darum, für dich die Nummer eins zu sein.

Aber das ist nichts im Vergleich zu dem, was ich jetzt fühle.

Ich kann jetzt nur noch an dich denken, Haru...

... und du weist mich ab.

Was mach ich da...

... eigent- lich...?

Ich
habe
Haru
geliebt.

... lächelt
er, und
sagt: „Ich
liebe dich
auch" ...

Ich
dachte,
wenn ich
ihm meine
aufgestauten
Gefühle
beichte...

Es war
nicht meine
Absicht, dich
so verzweifelt
zu sehen.

„Was?"

„Wieso?"

... ist es
zwischen
uns so ge-
worden?

Du,
Haru...

... seit
wann...

#5

Er liebt mich?

Dabei hatte ich doch vor, ihn jetzt weiter...

„Ich liebe dich."

... in die Ecke zu drängen...

„Ich liebe dich."

„Ich liebe dich."

... immer weiter...

Wieso sagt er mir so was?

Er sollte noch nicht an dem Punkt sein, wo es nur noch mich für ihn gibt.

„Ich liebe dich."

...

Das hast du jetzt davon, dass du dich um jemanden wie mich kümmerst.

Du bist so dumm, Hikaru.

Aber...

... ich war doch so gemein zu ihm.

Ich hätte...

... mir 'ne Jacke mitnehmen sollen.

Ob es zwischen uns...

... jetzt aus ist?

キィ....

Genau...

...

じゎ
DRIP

Ich kann...

... nicht aufhören zu weinen...

„Du liebst mich nicht wirklich."

Ja, ich hab mir die ganze Zeit nur selbst was vorgemacht.

Bis jetzt.

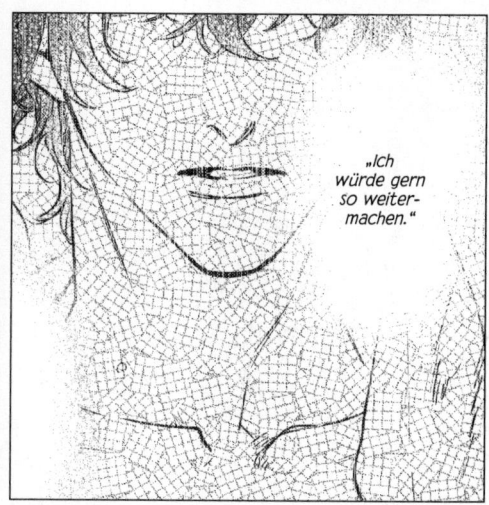

„Ich würde gern so weitermachen."

Und wenn Haru keinen Sex mit mir gehabt hätte, wären wir das bestimmt jetzt auch noch.

Früher waren wir ja auch nur Kindheitsfreunde.

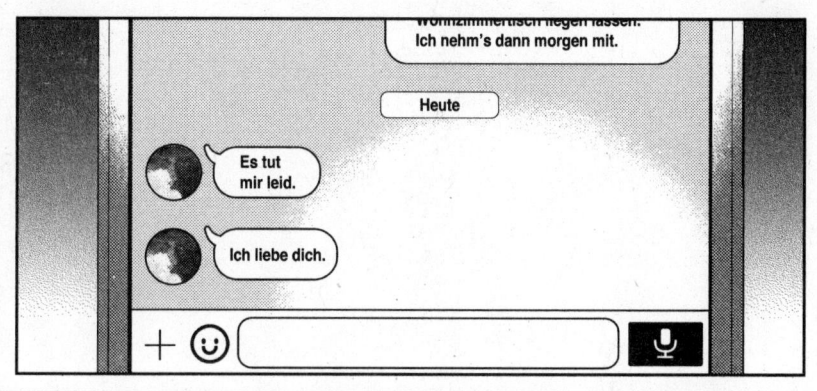

Es tut
mir leid.

Ich liebe dich.

Aber...

Hikaru...

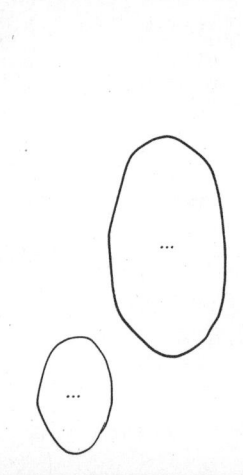

...

...

QUIEE

Ich...

Haaah...

...

Was?

Ich hatte nicht den Mut dazu.

Du bist echt mutig, Hikaru.

Dass du dich traust, so was einfach zu sagen.

Ich hätte mich ihm von Anfang an auf ehrliche Weise nähern sollen.

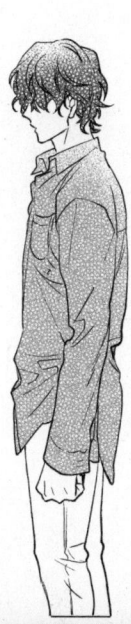

Als jemand, der ihn liebt.

Als sein Freund.

Ja...

Ich auch, Haru.

Ich bin zwar schon oft vom Weg abgekommen...

... aber ich bin mir sicher, dass ich ab jetzt...

.... meinen Weg gehen kann.

Ich muss nur nach vorne sehen...

... denn dort ist Hikaru.

Derail
End

Derail

Kyoko Aiba

-after-

... aber wir können auch weiterhin Freunde sein...

Aaaah, nein, nein, nein, das ist unfair!

Wir sind zwar ein Paar...

Haru wollte Rücksicht auf mich nehmen...

So lieb.

Manchmal weiß ich echt nicht, ob er lieb ist oder nicht...

Willst du Wasser?

ズキズキ ZING ZING

Natürlich hatten wir dann auch Sex.

ENDE

www.egmont-manga.de
Unsere Bücher findest Du im
Buch- und Fachhandel und auf

www.egmont-shop.de

„Derail" von Kyoko Aiba
Aus dem Englischen von Mario Hirasaka
Originaltitel: „Derail"

Originalausgabe:
DERAIL
© 2020 by Kyoko Aiba
All rights reserved.

First published in Japan in 2020 by SHODENSHA
PUBLISHING CO., LTD., Tokyo. German
translation rights arranged with SHODENSHA
PUBLISHING CO., LTD. through
Tuttle-Mori Ageny, Inc., Tokyo.

Deutschsprachige Ausgabe:
© 2023 Egmont Manga
verlegt durch Egmont Verlagsgesellschaften mbH,
Ritterstraße 26, 10969 Berlin

1. Auflage

Verantwortliche Redakteurin: Luisa Steinhäuser
Textbearbeitung: Katrin Aust
Covergestaltung: Esther Strunck
Koordination: Angelika Schönhuber
Printed in the EU
ISBN 978-3-7704-4327-7

Die Egmont Verlagsgesellschaften gehören als Teil der Egmont-Gruppe zur
Egmont Foundation – einer gemeinnützigen Stiftung, deren Ziel es ist, die sozialen,
kulturellen und gesundheitlichen Lebensumstände von Kindern und Jugendlichen zu
verbessern. Weitere ausführliche Informationen zur Egmont Foundation unter
www.egmont.com

SUTOPPU!

**Koko wa kono manga no owari dayo.
Hantaigawa kara yomihajimete ne!
Dewa omatase shimashita!
Tanoshii hitotoki wo dozo!**

Egmont-Manga-Chiimu

STOPP!

**Das ist der Schluss des Mangas.
Fangt bitte am anderen Ende an!
Und nun genug der Vorrede,
viel Spaß beim Lesen!**

Euer Egmont-Manga-Team